KB147265

열일곱 살 아란야

청소년시집 05

열일곱 살 아란야

초판 1쇄 · 2021년 2월 1일 | 초판 2쇄 · 2021년 6월 10일

지은이 · 김은정
펴낸이 · 한봉숙
펴낸곳 · 푸른사상사

주간 · 맹문재 | 편집 · 지순이, 김수란 | 마케팅 · 김두천
등록 · 1999년 7월 8일 제2-2876호
주소 · 경기도 파주시 회동길(서패동) 337—16
대표전화 · 031) 955-9111(2) | 팩시밀리 · 031) 955-9114
이메일 · prun21c@hanmail.net
홈페이지 · http://www.prun21c.com

ⓒ 김은정, 2021

ISBN 979-11-308-1766-8   43810

값 12,000원

청소년시집  5

열일곱 살 아란야

김은정 시집

푸른사상
PRUNSASANG

하늘은
스스로 높이는 자를
높입니다.

2021년 1월

김은정

제2부　마음속으로 대차게 장대높이뛰기

제3부 맨발의 청춘이 연주하는 우주 피아노

제4부 울창한 마법의 숲을 지닌 등대

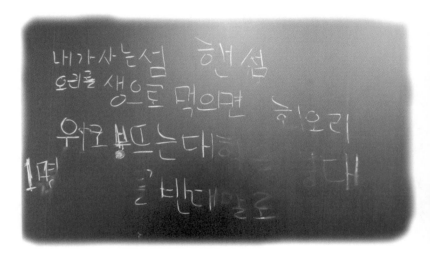

내가 사는 섬 핸섬, 오리를 생으로 먹으면 회오리, 위로 붕 뜨는 대학은 붕대, …

제1부

생애 최초의 시

활활 청춘

천둥벌거숭이의 힘
그대로 훌륭하다.

싱싱한 빛 바퀴 바람 바퀴 위에
아름다운 소원을 쓴 운동장 얹으니
열혈 일깨우는 신성한 불씨의 근육
사자 목소리 수염으로 타오르며 시퍼렇다.

활활 청춘!

잉크

말없이 말하는 공기가 다라니다.
들이쉬고 내쉬며 잼 잼 잼

세상의 모든 액체는 잉크,

식탁 위에 놓인 벌꿀, 참기름, 올리고당,
된장, 고추장, 땅콩버터, 토마토케첩 등등

붓에, 펜에, 칼에, 주걱에,
숟가락, 젓가락, 포크 등등에 찍어서 쓴다.

새로운 생각은 새로운 잉크로
검다 희다 빨갛다 파랗다 숨결의 장엄

천지 진흙 찰흙까지도 함께
모두 한 방 먹인다, 먹만 먹인가 뭐.

선문답하는 교실

성득이 졸고 있다.

힘없이 꾸벅꾸벅 긍정으로 조아린 머리
그 밑에는 구구절절 금언 경전이 쌓여 있고
성득의 소박한 꿈은 행간을 어슬렁거린다.

그 꿈의 행간, 오솔길을 따라 나도 걸어가
탁! 하고 성득의 구부정한 등을 내리친다.
놀란 성득은 발뒤꿈치까지 흘러내린 척추를
큰 심호흡으로 팽팽히 제자리로 끌어올린다.

"때린 거니?"
"아니요, 깨운 겁니다!"

성득을 물고 늘어진 방심의 물레야,
닻을 내리고 세상 깨우는 심금으로 서라!

디오게네스를 생각하는 아침

"큰 도둑이 작은 도둑을 잡았네."
디오게네스의 목소리가 짱짱하다.

　　○○시 경찰서는 ○○시의 한 상점에서 친구와 함께 담배 4갑을 훔친 혐의(특수절도)로 고등학생 A군을 불구속 기소의견으로 검찰에 송치했다. 그러나 경찰은 불구속 사실을 A군 부모에게 통보하지 않았다. A군의 부모는 A군이 △△시 ㅁㅁ구의 한 다리에서 투신해 숨진 뒤 A군이 경찰에서 조사받은 사실을 알게 됐다. A군의 부모는 "경찰이 미성년자를 형사처분하면서 합당한 절차를 이행하지 않아 아들이 혼자 고민하다 목숨을 끊었다."며 반발하고 있다. 경찰이 부모에게 통보를 하지 않아 아들을 죽음으로 몰고 갔다는 것이다. 이에 대해 경찰은 "당시 A군이 스마트폰에 엄마라는 이름으로 지정된 번호로 통화를 하는 것을 보고 부모에게 사실을 말한 것으로 알았다."고 해명했다. 경찰의 범죄수사규칙 제211조는 '경찰관이 소년 피의자를 조사할 때는 보호자나 이에 대신할 자에게 연락해야 한다.'고 규정하고 있다. 경찰의 한 관계자는 "수사 과정에서 미흡했던 부분으로 인해 A군이 숨진 것에 대해 유감이지만 과잉 수사는 없다."고 밝혔다. 이와 관련해 ◇◇지방경찰청

은 감찰 조사에 착수해 자세한 사건 경위를 조사하고 있다.
e123@news1.kr

거미줄에 걸린 어린 독수리의 비상구!

더 좋은 일자리를 찾으려고, 공부를 하려고, 더욱…

감사합니다!

학교가 감사받는 날이다.

건조하고 근엄하며 건장한 남자들이 방문하여
지정된 장소에서 수많은 서류를 요구하고 있다.

조용조용, 조심조심, 들락날락
이 관계자, 저 관계자, 왔다가, 갔다가, 한다.

한 요원이 과일 접시가 담긴 쟁반을 들고 복도를 지나간다.
싱싱하고 탐스러운 쟁반을 보며
화장실을 가기 위해 달리던 소년들이 군침을 삼킨다.

"웬 과일?"
"아마 감사 오신 분들께 가지고 가는 건가 봐."
"왜 드리지?"
"감사하니까 드리는 거지."

감사합니다, 감사합니다 ~^^~

생애 최초의 시

인간의 존엄성과 정의를 지키는 사람
범인 잡는 형사 시인이 되고 싶다는 임성현은
열일곱 살 늦은 가을날 그 잠재력을 드러내며
난생처음 백일장에 참가하여 한 편의 시를 쓴다.

　　폭풍 같은 밤일을 마치고
　　새벽까지 흔들리며 흔들리며
　　그물을 던지고 그물을 내리고

　　타오르는 일출 앞에 놓고
　　시장기를 호로록 호로록 말아먹고
　　삐걱대는 고깃배를 이끌어

　　우리 동네 항구로 들어서며
　　아, 이제 한숨 돌리겠다
　　이제야 오늘은 안도한다

　　은빛 갈치의 몸놀림에
　　갈라지고 찢어진 손톱도
　　젖산이 가득한 팔뚝도

뱃전이 흔들린다
낡은 배가 춤춘다
내 가슴도 널을 뛴다　　　　　　(임성현 작, 「어부와 항구」)

열 살 무렵이던가, 배를 타고 낚시 갔던 어느 날
푸르디푸른 망망대해를 낚싯대에 걸어 주며
세상에 극복 못 할 일은 없으니 큰 바위 얼굴 건지라는
아버지 말씀 가슴에 품은 후 포부와 배포 커졌다는 이야기
이른 아침 일등으로 등교하여 풀어 놓는데,

출항과 순항과 귀항
그 사이사이 징검다리 비, 구름, 바람 예견하면서도
호연지기 가득한 얼굴 위로 자외선이 뚝뚝 부러지고
실로폰 건반에 내려앉는 해시계, 1교시 종이 울린다.

나와 우리는 어디서 왔고 어디로 갈 것인가?
어떤 체제와 어떤 제도로 삶의 질을 높이고
어떻게 존중받을 것인가? 고민하는 미소년은
자본주의의 역사적 전개와 그 특징에 대하여

열일곱 살 이후의 삶에 대한 설계도와 함께 발표를 한다.

인공 지능 PPT 슬라이드를 넘기는 자세 속에는
헌법과 법, 철학, 문학 등 다양한 분야에 대한 관심을
비빔밥처럼 혹은 살코기 야채 과일 만두 샐러드처럼 뒤섞은
사유의 깊이가 매우 어른스러운 세계 시민으로서의 한국인
그 든든한 면모, 엄격한 수행자의 염원이 녹아 있다.

잠복근무를 마치고 퇴근하는 인간애 짙은 형사처럼
방과 후 수업과 야간 자율 학습까지 굳건히 임한 후
하교하여 무슨 신명이라도 하역하는 듯 시 습작을 하는
훈훈한 품성과 근면 성실 그 증거는 학교 출석부에도 있고
함께 다니는 흙 묻은 운동화의 말랑말랑한 밑창에도 있다.

그뿐인가,
피땀 고인 그 자국에 하얀색 민들레꽃 양탄자 들여놓고
손오공과 신드바드 모험심 날개 닦으며 탑승하고 있다.

족적 찬가

발자국이야말로 가장 위대한 인장이다.
현장에서의 일투족 그 발바닥 무늬야말로
누구도 흉내 내거나 반박할 수 없는 원인
타고난 제 몫의 복을 마중한 흔적이다.

태양을 향해 걷는 네가 가장 처음!

> 五等向夢奎 오등향몽귀
> 皆怗定有路 개호정유로
> 無方某麃去 무방모곳거
> 爾往地則道 이왕지즉도
>
> 우리는 꿈을 향해 걷네
> 모두 꿈의 길이 정해져 있다고 믿지만
> 어디로 가든 상관없다네
> 네가 지나가는 곳이 곧 길이니까 (강성혁 작,「길(道)」)

건강하고 총명한 열일곱 살 강성혁은
광개토대왕의 광활한 고구려도 공부하였고

알렉산드로스의 대제국에 대해서도 읽었고
닐 암스트롱이 달에 남긴 발자국도 TV에서 보았다.

개척, 그 쾌거를 본받아 넘어서는 길!

스스로를 응원하는 시간

나를 사랑하는 노래를 부르는 자는
누가 알아주든 말든 제 갈 길을 잃지 않는다.
삼천포고등학교 1학년 임도윤은
거울 속의 자신과 대화하는 법을 알고 있다.

　　常人依支恔　상인의지왕
　　汝來崎自宊　여래기자임
　　大海見懼勿　대해견구물
　　人生海主恁　인생해주임

　　항상 남을 의지하려 하지 마
　　너에게 닥친 어려움을 스스로 헤쳐 나가야 해
　　망망대해를 보며 두려워하지 마
　　인생의 주인은 바로 너야　　　(임도윤 작, 「망망대해(茫茫大海)」)

내가 아니면 누가 나를 지키나?
망망대해는 지금부터 가야 할 새로운 무대
이글이글 눈동자 속에서 꽃불로 흘러나와

대천 허공을 향해 열망의 불화살을 쏘는 편지

나의 존엄이 나의 승화에게!

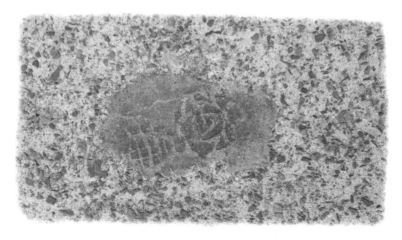

네 발자국이 꽃이다!

졸음 수업

불량한 태도가 세상을 바꾼다.

백 년 그 이상의 시간을 도와줄 금언을 읽으며
가슴에 원대한 미래 대륙 설계하는 바나나 보트,
허겁지겁 헐레벌떡 달려와 겨우 앉은 장성혁에게
학교 교실 공기는 갑갑하고 답답하기만 하다.

　　인생은 한 번뿐이고, 너의 인생도 끝나가고 있다. 그런
데도 너는 너 자신을 존중하지 않고, 다른 사람들이 너를
어떻게 평가하느냐에 마치 너의 행복이 달려 있다는 듯이
다른 사람들의 정신 속에서 너의 행복을 찾고 있구나. 공
동체의 유익을 위해 행하는 일이 아니라면, 다른 사람들에
대해 이런저런 생각을 하는 데 너의 남은 생애를 허비하지
말라.　　　　　　　　(마르쿠스 아우렐리우스, 『명상록』에서)

　　　　朝起瞌校來　조기갑교래
　　　　受業日我俟　수업일아사
　　　　疲煩請睡眠　피번청수면
　　　　大學我間江　대학아간강

26

아침에 일어나 졸린 채로 학교에 오니

매일매일 반복되는 수업이 나를 기다리네

너무 피곤하고 지겨워 잠을 청하니

나와 대학 사이에 건널 수 없는 강이 생기네

(장성혁 작. 「학교생활(學校生活)」)

장성혁 속에 사는 수많은 장성혁을 지키느라

만성 피로는 극에 달하지만 무슨 의미가 있나?

꿈길 외에는 방법이 없는 참 자유의 길

잠 속에서 그 감정 더미를 꺼내놓는다.

암묵적 비용과 명시적 비용을 주제로

그 내용을 자신의 경험과 함께 소화하여

굵고 차분하며 믿음직한 목소리로 발표를 잘하는 사람

자유 무역과 보호 무역을 주제로 논쟁하며

지구촌 경제 영토 분쟁과 대응 방안에 대해 모색하는

모의 TV 토론 수업에 참여하여 외교관 같은 고급 언어 구

사력과

　경제학자와도 같은 분석 능력을 발휘하는 사람

　자산 관리 및 재무 설계 주제 발표자를 도와

　생애 주기 그래프를 설명하고 금융 상품을 소개하며

　현명한 생활 경제를 이해시키고 권유하는 역량을 드러내

는 사람

　'S · H Ping Pong'을 제목으로

　논리적 체계와 사유 구조를 갖춘 글을 써서

　탁구 교실을 창업하여 홍보하고 운영하는

　자신의 경제 활동 모습을 현실감 가득하게 표현하는 사람

　견디고 견디면서도 고의적인 태만을 꾸짖는

　꾸벅꾸벅 꿈꾸는 졸음으로 강철북을 두드린다.

　쿵! 머리로 책상을 내리치는 장성혁은 신문고 북채다.

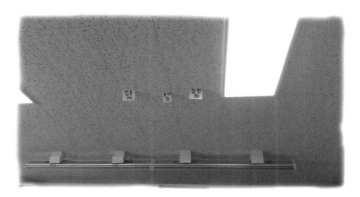

집중해, 앞에 봐, 칠판 봐!

권리 위에 잠자는 자라니, 청소년 수면권이다!

제2부

마음속으로 대차게 장대높이뛰기

울타리를 넘어가는 소년

길들이고 세뇌하는 세상에 태어나
적응하는 훈련을 받고 또 받아서
지침 어기는 일 없이 곧고 반듯하지만
여기 안주하지 않고 훌쩍 뛰어넘으려는
이진성 마음의 갈피갈피 매우 뜨겁다.

> 君造家族柵　군조가족책
> 您慈愛作窠　임자애작과
> 分明作充實　분명작충실
> 吾奚蕃超過? 오해번초과

> 가족이라는 울타리를 만들고
> 사랑이라는 보금자리를 만든 당신
> 든든하게 만든 것이 분명한데
> 나는 왜 울타리를 넘으려고만 할까요?

(이진성 작, 「이(離, 울타리)」)

언제나 배당받은 책무를 다하며
심성이 해맑고 공손한 이진성은

날마다 자신을 넘고 또 넘고
울타리를 넘고 또 넘으며
새로운 나날에 내보일 능력을 연마하고 있다.

넘고 또 넘으려고 하는 절절함이 동력이라
이진성의 땅은 더욱더 넓어지고 넓어질 것이라

오늘도 사각형 아파트에서 사각형 교실에서
교과서 밑에 책상 밑에 순정한 매 발톱을 감추고
삐져나오는 자유로운 역마의 영혼을 되밀어 넣으며
마음속으로 대차게 장대높이뛰기를 하고 있지만

어쩌다 마하의 속도로 승모근을 뚫고
바바박 비비빅 스파이더맨이 나오기도 한다.

이진성 마음의 갈피갈피 매우 뜨겁다.

키 컸으면!

마음의 키는 훤칠하지만
아직 몇몇 사람밖에는 잘 알지 못하니
오늘도 박연찬에게 자신의 아킬레스건은 버겁다.

    我奚不䝆偉? 아해불랑위
    每日奚上監? 매일해상감
    多人言少䝆   다인언소랑
    䝆速如樹㹂? 랑속여수라

    나는 왜 키가 크지 않을까요?
    왜 매일 위를 봐야 할까요?
    많은 사람이 키가 조금씩 컸다고 하지만
    키 크는 속도가 왜 나무늘보 같습니까?

                        (박연찬 작, 「단신(短身)」)

아빠 키가 크니 너도 키가 클 것이라고
주변 사람들은 간단하게 격려하고 응원하지만
올려다보기 싫은 박연찬은 발뒤꿈치를 들고 또 든다.

36

복숭아뼈가 하늘을 두드리는 소리

억새 숲이나 갈대밭에 걸리겠는가?

배움의 소년

꿈길이 있다는 건 얼마나 큰 축복인가.

꿈이 아니면 만날 수도 없는 인연을 안다.

なつ よる
夏の夜

きみ で あ
君に出会った

ぐうぜん
偶然に

여름밤

너를 마주쳤다

우연히 (배준범 작)

생각지도 않은 한여름 밤

고단한 자율 학습 중 단잠을 이루었는데

그 속에서 꿈꾸는 자 꿈을 이룬다.

황진이와 서경덕도 못 이룬 꿈

소원 성취!

사랑의 씨앗이여, 앉아 주세요!

봄날

살아가다 보면 칠흑처럼 암담할 때가 있지만
여명 같은 싱싱 파동이 와서 또 들썩이게 한다.

春風や
どこから来たか
知ってるか

봄바람이여
어디에서 왔는가?
알고 있는가?   (권혁찬 작)

桜咲く
とてもきれいな
春の花

벚꽃이 피는
아주 예쁜
봄의 꽃   (김누리 작)

신기원은 스스로가 만드는 것
불어오는 봄바람이 마당에 만장하다 해도
활성은 네가 어떻게 그들과 어울리는가에 달렸다.

만남과 들뜸의 축복 위에 서서 웃는
네가 봄꽃이다!

사랑한다, 너뿐이다, 나는 일편단심 민들레.
시멘트 벽에 새긴 사랑의 편지, 암각화처럼…

무아를 알아 가는 시간

다문화 사회를 주제로 수업을 한다.

교과서에 실린 색동저고리와 색연필
길게 이리저리 강물처럼 흐르는 색실들을 보며
도떼기시장 난전 같은 난타 한 마디씩 올려놓는다.

　흰 도화지 위에 흰색으로 그림을 그리면 명작 나오나?
　파란색이 빨간색을 처음 만났을 때 얼마나 놀랐겠어?
　노란색이 보라색을 보고, 어머 세상에 저런 애도 있네,
했겠지?

어디에다 이런 예리한 감각을 숨겨 두고 있었는지
심심산천에도 백도라지 청도라지 함께 어울리니
총천연색이야말로 천하절색이라, 시끌벅적 건강하다.

　감성돔이 낚싯줄 색깔 보고 낚이는가?
　붉은 낚싯줄, 푸른 낚싯줄, 초록 낚싯줄,

석류색인지 하늘색인지 배추색인지 원.
자주색, 암적색을 와인색, 버건디라고도 하지?
버건디는 프랑스 부르고뉴의 영어 발음이라네,
그러면 남해안 청정 물결 색은 삼천포라고 해야지!

회색 교복 와이셔츠 단추를 풀어 젖히며
콸콸 쏟아 낸 참언 허언 그 단어 수만큼이나 상승한
교실 온도 그 열기는 냉방 기계로도 식히기 어렵다.

웃자란 보리밭 같은 잔디 무성한 운동장
태양을 콕 찍어다 놓고, 나도 뻥! 너도 뻥!
경직된 사지 풀며 축구 경기나 한 판 할까?
야, 태양! 누가 네 이름을 태양이라고 지었냐?
야, 태양! 너를 잔디라고 부르면 큰일 나느냐?

교과서에서 벗어나 한도 끝도 없이 내달리며
말도 안 되는 소리로 말이 되게 조립하다가
다시 제자리로 와서 원래의 본을 찾는다.

다문화라니, 도에 이른다.
일즉다 다즉일!

푸른 운동장 잔디 위에 놓인 알록달록 플러그

이삭 거두기

추수가 끝난 들판의 논두렁에
잠시 놓인 지평선을 맨발로 걷는 단풍잎
그 붉거나 노란 어여쁨으로 시간을 건너는
나룻배 형상 안에서 시베리아 기단이 움직인다.

豊（ゆた）かな日（ひ）
麗（うるわ）しい秋（あき）
去（さ）っていく

풍족한 날
아름다운 가을이
지나간다

(박정훈 작)

풍요의 정점을 찍고 사명 완수
파랗게 저질러 놓은 가을 하늘 진경과 적멸
알록달록한 뒷모습 허상을 헤아리며
성찰하는 소년 박정훈의 가슴속 황소가
공허 없는 허공을 걸어 오리온자리로 오른다.

지상에 남은 허수아비들
펄럭이는 공명첩을 들고 서 있다.

한가위 풍경화

삼천포고등학교 1학년 최서진은
컴퓨터 공학을 공부하고 싶다고 하는데
상상력도 남다르고 실행 능력도 뛰어나다.

お盆の日
花札をする
家族たち

추석날
화투 치는
가족들

(최서진 작)

청단! 홍단! 피박! 꽃 딱지로 서로를 할퀴고 후려치며
자존의 맨 밑바닥까지 건드려 긁고 문지르는 환호와 비명
이렇게 꽃 그림으로 싸우는 일이 화목을 도모하다니,

쫙 쫙 찢어 놓거나 쩍 쩍 들러붙는 소리 고루 섞인
투전판을 참관하며 한가위 휴가를 기념하는 최서진은

꿀송편 깨송편도 내어 나르고 갈비찜도 펼쳐 놓으며
후덕한 조상의 계보와 끈끈한 혈연을 헤아린다.

오른쪽으로 생각하면 이렇고
왼쪽으로 생각하면 또 저렇고
양면과 양날을 검토하며 무척 어른스럽게
조화와 균형 꾀하는 법을 터득하기도 한다.

이런 광경에 대한 관조의 경험은
곧 그의 뇌와 심장으로 흘러 들어가
다시 거대한 인연의 대양으로 흘러나올 것이라.
흘러나와 한 걸음 한 걸음 대장정을 거룩히 할 것이라.

거대하게 쌓아 갈 피라미드의 밑변

민생

세상엔 사전도 많고 경전도 많고
시도 많고 소설도 많고 어록도 많지만

문자도 답이 아니고
온갖 이름과 형상도 답이 아니고
선생님의 말씀까지도 답이 아니다.

긍휼은 어디에?

경남 사천시 동금로에 살고 있는 구본엽은
배고픈 자신의 고충을 외국어로 달랜다.

<ruby>腹<rt>はら</rt></ruby><ruby>減<rt>へ</rt></ruby>った
<ruby>売<rt>ばい</rt></ruby><ruby>店<rt>てん</rt></ruby><ruby>行<rt>い</rt></ruby>こう!
<ruby>満<rt>まん</rt></ruby><ruby>腹<rt>ぷく</rt></ruby>だ

배고프다

매점에 가자!
배부르다
(구본엽 작)

밥이 답이다.
밥이 생명이고 밥이 신분이고 밥이 인연이다.
밥이 나라다.

법문이 따로 없다.
이다지도 머쓱하게 간단한!

사랑, 사랑, 내 사랑아,
밥알 법문!

밥 나와라, 뚝딱!

제3부

맨발의 청춘이 연주하는
우주 피아노

찬란한 순간

風鈴の
澄んだ音より
君が好き

풍경의
맑은 소리보다
네가 좋아

(김해찬솔 작)

이 광대무변 속에서 열일곱 살 김해찬솔은
어떤 인과로 이런 고귀한 찰나에 닿았나?

고요한 격동!

꿈꾸는 풍등

뒤늦게 생각하는 자

늘 한 박자 더디게 이해하고 씨익 웃는
열일곱 살 양태웅은 자전거를 무척 좋아한다.
자신도 자전거라는 사실을 알고 난 이후는
꿈길에서도 해와 달 바퀴 돌리느라 페달을 밟는다.

보슬비가 소리도 없이
까치발로 몰래 내린다
촉촉한 오솔길 흙 내음을
맡으며 내달리고 싶구나!

바알간 태양 빛이
불화살을 쏟아 낸다
타오르는 아스팔트를
끈적끈적 기어올라

볼 빠알간 계집애를
고이 안고 달린다

단발머리 나풀나풀

이 내 가슴 터질 것만 같구나!　　(양태웅 작, 「자전거의 소망」)

지명할 때에도 호명할 때에도

양태웅은 공기를 휘젓거나 구름을 건드리다가

한 걸음 한 호흡 흘려보낸 후 나직이 대답한다.

그런데 어느 날부터 극비 특명 전사 기마병처럼

들숨 날숨 지층 탐사 큰 돋보기안경 같은 자전거를 타고

허허한 산과 들 시장 바다 풍등 모양으로 쏘다니며

재능과 호연지기 나누느라 더욱더 날쌔지고 있다.

성장통의 시간

전교 학생회 회장 정희근에게 나는
'회장님!', '대표님!'이라고 부른다.
완벽에 가까우리만큼 잘해야 아무 말 없고
조금만 부족하거나 흠결이 보여도 비난이나 받는
그 자리 그 호칭으로 부르니 날마다 쑥쑥 큰다.

그런데 평범한 보통 학생에서 비범한 지도자로
봉사하고 헌신하며 급부상하고 또 급부상하는
자기 자신의 변혁에 가장 놀라고 있는 이는 바로
오랜 기간 무명으로 살아온 정희근 그 소년이다.

물론 어쩌다 가끔씩 우회적으로
걸쩍지근하거나 찌뿌둥한 자신을 한탄하기도 한다.

無駄な愛
期待しすぎた
僕の過誤

헛된 사랑
너무 기대했었던
나의 잘못 (정희근 작)

시행착오와 동반하며 기침도 토하고 눈물도 쏟지만
충실하게 스스로 크려고 애쓰며 꼿꼿하고 빳빳하니
불완전한 마음의 뒤꿈치를 들고 긴 복도를 걸어가는
정희근 발자국 화분 삼아 질경이 꽃 민들레 꽃 핀다.

슬기로운 인재의 소년 시절 이력이 만들어지고 있다.
맨발의 청춘이 연주하는 우주 피아노 소리
비올라인 듯 보이는 저 창공 휘저으며 활 긋는 소리!

선물

삼천포여자중학교 2학년 4반 김연수
하얗고 복스러운 손으로 하프 연주하듯 시를 쓴다.

발걸음 옆 작게 피어난
미소 짓는 민들레도
어쩌면 자연이 내게 준 선물

무심코 지나친 일상 속
소소한 행복들도
어쩌면 주위 사람들이 내게 준 선물

왁자지껄 시끌벅적 함께하는
재미있는 시간도
어쩌면 친구들이 내게 준 선물

햇살 따사로이 내리쬐는
기분 좋은 평화로움도
어쩌면 자유가 내게 준 선물

어쩌면 이 찬란한

인생도, 행복도, 너란 의미도
모두 내가 받은 선물

그래서 너도나도 모두
누군가에게는 예쁜 선물   (김연수 작, 「선물」)

아주 작은 직사각형의 이성과 마름모꼴 감성
그들이 걸어가는 건널목 아래턱 언저리에
만복을 청하는 소녀의 기도가 태극을 향해 있다.

향가!

벼락공부, 친구 장학이 최고야!

오늘은 친구가 선생님!

할아버지의 마술

글쓰기를 좋아하는 김정우는
가끔 배드민턴 선수로 활약하기도 한다.
긴 신장 덕분에 운동선수처럼 긴 마루를 걷지만
아주 오래전부터 피아노를 공부해서 그런지
그의 신체는 이따금 걸어 다니는 음표처럼 움직인다.

아마도 할아버지의 하해와 같은 사랑을 믿고 자라
그물에 걸리지 않는 바람처럼 살고 있기 때문일까.
취미가 바둑인 할아버지는 손자를 가장 큰 포석으로 두고
족보와 가계를 지켜 상속한 현자이리라.

바닷가의 파도는 한때
치열하게 달려온 강물이었다.
누구보다 열심히 달려왔다.

이제 바다에 와 버린 파도는
모래사장의 조개껍데기가 더울까 봐
혼자 있어 심심할까 봐

차갑고 맑은 손길로 어루만진다.

나에게 파도 같으셨던
할아버지가 계셨다.

조개껍데기를 귀에 대면
파도를 따라 떠나신
할아버지를 그리워하는
조개와 나의 이야기 소리가 들린다.

(김정우 작, 「조개와 파도」)

초등학교 때 문화예술회관 무대에서
쇼팽의 즉흥 환상곡을 연주한 기념으로
할아버지가 게임기를 사 주셨다고 한다.
당연히 게임에 온 힘을 기울이느라 학업엔 소홀했지만
어쩐지 세상과 삶이 모두 게임 같다는 깨달음도 얻었고
사람들과 크고 작은 일로 일시적 불화가 있을 때마다
더 단단한 화합으로 가는 협상의 재능도 발휘해서
늘 할아버지의 덕망을 모시고 살아간다는 김정우

소망 등고선 촘촘히 그려진 조개껍데기를 귀에 대고
무지개 목소리 하늘나라 할아버지께 전화를 건다.

태풍이 지나간 교정의 가장자리,
히말라야 소나무 침엽이 모여 만든 ♡

방파제 소년

지정학적 편견에 대하여 발톱 밑의 때를 씻듯
질그릇과 황금 그릇이 함께 내는 순박한 소리
그런 목소리로 질문하고 토론하고 논쟁하는
전술의 조화와 균형이 매력적인 최승우는
섬기는 지도력까지 발휘하는 신사적인 풍모를 갖추고 있
다.

합리적인 자산 관리 방법을 주제로
다양한 자료를 융합하여 명징하게 발표도 잘하고
무대 공포증이 있거나 대인 관계에 서투른 친구를 도와
안심시키고, 사회 과학 개념 혹은 이론 등을 이해하기 쉽게
설명해 주며 협동 학습 분위기를 상쾌하게 환기하면서
교실로 날아든 햇살의 등을 타고 스스로 자기 정체를 가
꾼다.

한차례의 폭풍을 마치고 잠잠해진 네게

너는 날 부수기 위해 힘껏 시련을 던졌다.

나는 네가 원하던 대로 무너졌고
너는 언제 그랬냐는 듯 다시 날 부수기 위해
악수를 한다.

그럼 나는 바보처럼 손을 잡고
너는 파도를 보내고 나는 방파제를 쌓는다

다음에도, 그다음에도 처참히 무너지겠지만
나는 아직 무너지지 않았다.

(최승우 작, 「갯마을에서 보내는 편지」)

전 지구촌 여행 상품, 숙박 시설, 음식 문화 등
여가 산업에 대한 관심이 많아 이미 사업가 같은데
윤리적 소비와 함께 체계적 연구를 하며 준비하고 있다니
매사 즐거운 얼굴, 재치 가득한 표현과 다정다감
예의 바른 발자국마다 몽글몽글 온천이 솟아
벚꽃 봉오리 같은 여드름 열기 다듬는 소년의 날씨
얼음 우물 박차고 나오는 경칩 기운 내뿜고 있다.

말없이 오지의 항구를 지키는 둑 같은 뚝심 친구
대응하는 것도 대응, 대응하지 않는 것도 대응
회복하기 위해 떠돌다 뜻밖에 만난 숨은 명소처럼
왜 이제야 만났을까, 청정한 놀라움을 주는 사람

자신도 모르게 나태한 채 허둥지둥 살다가
핑계만 누적한 투자 명세표에 적힌 이름으로
침통하게 맞는 끝장은 절대 자신의 것이 아니라고
굳게 다짐하는 구간 그 도전과 응전 행렬 위에 서서
행운을 불러들이는 자유의 소년상!

숨은 애국심, 땅을 보며 걸을 때도 한반도 찾기

천리안 체험

어둠 속에 혼자 있을 때
곁에 아무도 없다고 느낄 때
오직 자신이 자신만을 의지해야 할 때
비로소 열쇠처럼 보이는 것들

해가 제 갈 곳을 찾아 가 버리고
그 빈자리 노을이 지면
컴컴한 밤은 찾아온다.

달과 별도 함께

하늘 위에 떠 있는 저 달은 무엇일까
저 달은 세상을 밝게 비추는 달이다.

하늘 위에 떠 있는 저 별은 무엇일까
저 별은 길 잃은 사람에게 내미는 손길이다.

골목에 빛나는 저 빛은 무엇일까
저 빛은 길고양이가 배고픔에 시달린 눈빛이다.

(박정우 작, 「무엇일까」)

깜깜해야 빛나는 것들
캄캄해야 밝아지는 것들
그 틈새를 노리는 어린 하이에나의
늘씬한 뒷다리 줄무늬에 감기는 북두칠성 별빛

열일곱 살 박정우가
야영 수련 활동에 참여해
침침한 생활관 난간에서 바라본 세상
그 사냥터 무시무시한 적막강산 칼날 같은 능선

단기 출가, 집 떠나와 깨닫는다.
자기 자신이 자기 자신의 스승이다.

금족령

24시 편의점에서 24시에
샌드위치와 커피를 사 들고 거리로 나오면서
열일곱 살 지찬우가 쓴 시를 생각한다.

거리를 비추던 해가
산처럼 웅장한 아파트에 가려졌을 때,
거리에 뛰어놀던 아이들은 사라졌노라.
거리가 호박색과 남색으로 가득 찼을 때,
거리의 상점들은 사라졌노라.
거리의 차들이 획획 시끄러운 비명을 지를 때,
피곤한 어른들은 사라졌노라.

허망하게 남은 가로등은
누굴 위해서 밝은 빛을 비추는가.　　　　(지찬우 작,「거리」)

수행 평가라서 쓴 시라고 하던가?
학예제 시화전 출품을 위해 썼다던가?
하여간 국어 선생님의 요구에 억지로 썼겠지만
열일곱 살의 허밍이 물고기처럼 헤엄치고 있다.

산보다 더 크고 높은 아파트
해를 가리고 삼키는 웅장한 아파트
뛰놀던 아이들도 그 아파트 속으로 사라진다.
피곤한 어른들도 그 아파트 속으로 사라진다.

방탄 용사 지찬우가 불평등의 기원을 눈치챈 듯
강직한 성정을 숨긴 텅 빈 거리를 쓰다듬으며
금족령 위반자 가로등과 놀아 주고 있다.

소년의 바다

타고르를 생각하는
아득한 나라의 바닷가,

저물 무렵에는 누구라도 순해지는가?
고래고래 뒤틀린 꽈배기 시간을 넘겨 보니
콩나물 발 뻗기 시합하듯 바빴던 하루가
이번 생이었는지 전생이었는지 가물가물하다.

이때 액자 속에서 마당놀이하고 있는
한 소년의 이야기보따리에 혈육의 정이 듬뿍
화덕에 구운 피자 토핑처럼 마음의 파고에
불 냄새가 갈매기 발자국처럼 깃들어 있다.

　　내가 서 있는 여기가 진리 등대
　　눈엣가시도 연꽃으로 보기 수행
　　다음이나 나중은 어찌 될지 모르니
　　믿을 수 있는 시간은 지금뿐

부라보콘 사 주시던 예쁜 우리 이모
장난감 자동차 사 주시던 예쁜 우리 이모,
야간 자율 학습이 없는 날이라
바닷가 노을 둘레길 걸으며 그리워한다.

지치면 지고 미치면 이긴다며
미치라 미치라 하던 예쁜 우리 이모,
바다를 용궁이라 바라보는 내 망막 속에서
연꽃의 마음으로 피는 예쁜 우리 이모

이게 시야?

질투의 힘으로 시비를 거는 주상절리 친구들
그래서 소년은 실명도 제목도 밝히기를 꺼린다.
유쾌한 금언들이 수줍은 등잔불처럼 읽히니
한 소년의 자랑스러운 보물섬 슬쩍 가라앉지만
다정다감 정반합 꼭짓점에서 피뢰침으로 빛난다.

조용한 정수리에서 흘러나오는 굳센 자존감

허세와 거짓을 뿌리치는 기질은 생육신 닮아
지도하는 선생님 말씀을 들어 보았다.

이 소년은 경남 사천시 임내길에 살고 있습니다. 항상 맨 앞 좌석에 앉아 질의응답, 논쟁, 토론 등 활동에 적극적으로 참여하여 능력을 발휘함으로써 칭찬받는 날을 자주 만들고 있지요. '국제 무역과 분업'을 주제로 직접 편집한 프레지 자료를 활용하여 진지하게 발표했습니다. '스포츠 에이전트'가 되고자 인권, 법률, 공공재 및 사회적 인프라, 외부 효과, 협상, 계약, 마케팅 등 개념과 대인 관계 능력을 점검하며 세계 시민성 역량 축적을 위해 노력하고 있습니다.

이러한 사실을 어떻게 알았는지
회랑에서 마주친 이 소년이 내게 말했다.
"제 시가 그렇게 좋아요?"
"응!"

평가라기보다는 응원이라는 깊은 뜻 알아채고
교만과 거만을 툭 차 내며 기쁘게 분발한 소년은
곧장 자신의 책상으로 뛰어가 또 시를 쓸 기세다.
새빨간 노을처럼 불타는 열정을 회복하면서
그때가 지금임을 지금이 그때임을 보여 주며
시가 되고 싶어 하는 추억들이 쌓여 있는
가슴 언저리 온도가 흘러나오는 눈동자 빛을
아코디언 주름상자 쓰다듬듯 열었다 닫았다 한다.

자신도 몰랐던 자신의 시심을 만나 놀라더니
나와 헤어져 긴 회랑을 걸어가는 어깨가
두 개의 태양을 올려놓은 뜨거운 저울 같다.

소년의 걸음걸이가 몹시 우아해진다.

제4부

울창한 마법의 숲을 지닌 등대

어버이 은혜

我深母親念 아심모친념
無量恩惠憬 무량은혜경
我深父親見 아심부친현
卽時目淚顯 즉시목루현

내가 어머니를 생각해 보니
수많은 은혜가 떠오르고
내가 아버지를 보고 있으니
금세 눈에 눈물이 고여 있네

(조성국 작, 「목루(目淚, 눈물)」)

가수 노사연의 〈바램〉을 듣고
다시 가수 임영웅의 〈바램〉을 듣고
열일곱 살 조성국의 「눈물」을 읽는다.

정조 대왕이 건립한 수원 화성도
효심으로 채운 까닭에 세계 문화유산이니
언제나 효심은 위대한 일꾼이다.

조성국은 1학년 5반 반장입니다. 경남 사천시 한내3길에 살고 있어요. 항상 친구들을 보살피고 공공선을 추구하기 위해 노력하지요. '국제 사회의 인권 문제'를 주제로 한 세미나 시 발제자로서 '갈 곳 없는 사람들' 사례를 PPT 자료로 제시하며 발표를 잘했습니다. 토론자와 질문자와의 협업을 통해 인권 관련 난제에 대한 대책을 심도 있게 논의하는 모습이 듬직했어요. 자신을 잘 드러내지 않으면서, 큰 소리로 말하지도 않으면서, 친구들 속에서 구심점 자리에 있습니다. 점잖고 우직해요. 그래서인지 또래들이 의지할 기둥으로 여기며 허심탄회하게 따르지요. 선생님이 되고 싶어 해요.

지도 선생님의 낭랑한 목소리 속에서
색동 우산을 들고 걸어가는 뜨거운 소년
눈에 고인 눈물이 오팔 빛깔의 실로폰 같아
어버이께 드리고자 하는 보물선 같기도 하고.

큰 소리로 말하지도 않으면서,
친구들 속에서 구심점인 조성국!

냉대 기후와 한대 기후 구별법

오후 3시 20분에 수업을 마치고 나왔다.

아주 인상적인 체험을 하여 기록해 두고자 한다.

1학년 신입생 수준별 수업. 나는 하반 수업 담당이다. 상, 중, 하로 구분하여 3등분한 수준 가운데 하반을 맡아 수업한다. 중학교 1학년 사회 교과서 36페이지에서부터 진도를 나갈 때의 즐거움을 뭐라 설명해야 할지 모르겠다.

단원은 '2. 세계는 자연환경 조건에 따라 여러 지역으로 구분된다'. 즉, 쾨펜(Wladimir Köppen)의 '기후 구분'을 공부하는 시간인데, 중학교 1학년 수준에 맞게 재구성된 영역이다. 열대 기후, 건조 기후, 온대 기후, 냉대 기후, 한대 기후 등에 대해 아주 쉽게 설명을 하고자 촘촘히 계획했는데, 학생들이 더 쉽고 명쾌하게 대답하여 계획과는 달리 그저 칭찬만 하는 뜻깊은 시간이 되고 말았다.

"열대 기후는 더워요? 추워요?"

"더워요."

우문현답이다.

"온대 기후는 어때요?"

"따뜻해요."

"따뜻하기만 해요?"

"추울 때도 있어요."

"그러면?"

"아! 사계절이 있어요."

"그래요."

"냉대 기후는 어때요?"

"추워요."

"그러면 한대 기후는요?"

"엄청 추워요."

참으로 명확하고 간결하다. '추워요. 엄청 추워요.' 냉대 기후와 한대 기후를 이렇게 구별하는 학생들을 나는 처음 본다. 이러쿵저러쿵, 구구절절 길게 설명하는 전문가들의 허를 찌르는 간결함이다.

기후에 대하여 수식하는 사람들이 아무리 많다 하여도 기후 그 자체는 '스스로 그러함'이니, 어떻게 춥다느니 어떻게 덥다느니 하는 것은 진리가 아니다. 누구도 공격할 수 없는 선명함을 대하며 논란과 토론으로 정답을 정하는 많은 꾸러

미에 대하여 다시 생각하는 즐거운 시간을 갖는다.

어린이, 젊은이여! 꾸밈없이 성장하여라. 형용사에 휘둘릴 것 없다.

효자천하지대본

화랑도 세속오계 배워 익히고
공자 맹자 삼강오륜 실천하며 사는 일
고리타분하다 시큰둥해하며 손 터는 시대인데
온고지신 법고창신 듬직한 거동 보이는 최정호는
방편과 방법 달라도 중도 중용하는 군계일학이다.

　　大洋似儴愛　대양사친애
　　那慈不嫌容　나자불혐용
　　其愛喜夢授　기애희몽수
　　平生儴慈捧　평생친자봉

　　크고 넓은 부모님의 사랑과 같은 바다
　　무엇이든지 불평치 않고 품고 사랑한다네
　　그 사랑이 나로 하여금 꿈을 갖게 한다네
　　평생 그 사랑에 보답하고자 효도하며 살려네

(최정호 작, 「대양(大洋)」)

이뿐인가, 최정호의 별명은 부담임 선생님이다.
등교 시간부터 하교 시간까지 함께하며

그는 학급 친구들에게 지도력과 통솔력을 발휘한다.

어떤 순간에는 둥글둥글 만만한 감자였다가
또 어떤 순간에는 매끈하게 껍질 깐 호두였다가
너울너울 미역이었다가 까슬까슬 솜털 복숭아였다가
황소 발자국으로 걷는 느티나무 같기도 하다가
모과 생강 유자 감초로 맛을 낸 시원한 약수가 되어 주기
도 한다.

이런 역할로 믿음직한 최정호는
예민한 영혼들의 격자무늬 감정 사이를 오고 가며
패혈증 없는 교실, 그 관계의 무게 밑 지층에
주춧돌로 앉은 파수꾼, 성장 호르몬의 수호자!

EBS 수능 특강보다 시집이 더 좋아!

무대

暖かい
あたた

春はさながら
はる

君みたい
きみ

따뜻한

봄은 마치

너와 같다   (서현빈 작)

뮤지컬을 좋아하는 동심의 소년,

공연 기획자가 되고 싶은 열일곱 살 서현빈은

가끔 색종이로 로봇을 만들어 책상 위에 올려놓고

로봇이 된 색색들과 노래하고 춤추며 도란도란하다.

중간고사, 기말고사, 전국 연합 학력 평가,

수행 평가, 수학 능력 시험이야 단연 중요하지만,

어화둥둥 파란 마음 위를 덮는 하얀 살얼음 일과표

빨갛게 달아오르는 꿈을 키우기도 쉽지 않지만,

늘 자신의 마음 색을 알아주는 친구

카운터테너 목소리 삼킨 종이 로봇 데리고

교과서 걷어 낸 책상을 무대 삼아 뮤지컬 펼치며

잠시 공기 방울들과 총연습, 마에스트로로 선다.

종이 로봇. 서현빈 작품

고매한 목적

한 청년이 모금함을 들고 들어온다.
뒤따라 두 청년이 경호원 분위기로 들이닥친다.

"후진국에 학교를 짓고 싶습니다."

짓고자 하는 학교의 교훈이 무엇이냐고 묻는다.
무엇을 교훈이라고 하느냐고 그들이 나에게 묻는다.
누가 그 학교의 교사와 교장이 될 거냐고 묻는다.
교사와 교장이 없는 학교를 지을 거라고 그들이 답한다.

꺼림칙하나, 속는 셈 치고 모금함에 지폐를 넣는다.
고맙습니다, 고맙습니다, 절절히 인사하며 그들이 떠난다.

수소문해 보니, 세 청년 가운데 한 청년은
청소년기 학교 부적응으로 자퇴한 이력이 있다.
또 한 청년은 사촌 여동생 성추행 전과가 있다.
또 다른 청년은 특수절도 기소유예 처분을 받았다.

괜히 알아봤나? 괜한 짓을 했나?

사려 깊은 세계 시민으로 위장한 고단수 강도

아닐 거야 아닐 거야 아니고 말고 하면서

그들이 훌륭한 학교를 발명하여 안착했으면 한다.

그 조잡하고 엉성한 비공식적 모금함이

그들에 대한 편견을 지우는 지우개였으면 한다.

개교 소식은 언제 들을 수 있을까?

어느 채널에서 흐뭇한 뉴스를 볼 수 있을까?

비 오는 날의 꿈

가문 날에는 비를 기다리고
비 오는 날에는 햇빛 쨍쨍 그리워한다.
꿈꾸는 열일곱 살 솜털 많은 살갗을 뚫고 나온
아주 짧은 시 속에도 그 마음 꿈결인 듯 담겨 있다.

桜の日
花見行こうか
雨降るね

벚꽃 휘날리는 날
꽃구경 갈까?
비가 오네

(김진형 작)

어느 연예인 말
소갈빗집 개업하면 구제역
오리고깃집 개업하면 조류 독감
돼지국밥집 개업하면 아프리카 돼지 열병
그렇게 재수 없어 늘 사업 망했지만

그 덕에 연예인 본업 연기 경력 두툼해졌다는.

나서려고 하면 설레는 발걸음을 묶는
부정적 요인들이 예기치 않게 급습할 때
잔망스럽게 경박하게 흔들리며 쏟아내는 마음
아쉽지만 원래대로 접어 넣고 진통 이기는 법
배운다, 또 천만다행!

살아남은 자의 칩

태풍 소식이 들리면
여태윤의 각오가 생각난다.

적자생존에 대하여 우스갯소리로
죽기 살기로 적어야 산다고 하면서
학교생활세부사항기록부 작성법 강의 때
청중들에게 빵빵 웃는 시간 활력 만들지만
적자생존 그 원래의 뜻은 달라지지 않는다.

　　雨後獨立花　우후독립화
　　今日誇依佳　금일과현가
　　當身或知彼?　당신혹지피
　　伊雨多花墮　이우다화타

비가 온 뒤 홀로 서 있는 저 꽃
오늘도 아름다움을 뽐내고 있네요
당신은 혹시 그것을 아시나요?
그 비바람에 많은 꽃잎이 떨어졌다는 것을

(여태윤 작,「진미(眞美)」)

살아남은 자의 희색을 어디서 보았을까?
비 온 뒤, 바람 분 뒤, 땅 흔들린 뒤
어떤 천재지변 인재 사고일지라도
이겨내고 생존해야만 꽃 피우고 열매 맺는다.

어떤 비바람에도 떨어지지 않고 굳건히
자신을 지켜낸 꽃이야말로 진정 꽃이리라,
끝없는 암시와 지지로 자생력을 돕는 주술

서정시에 의지해 자신을 다독이고 발심하며
꿈을 향해 직진하는 수험생의 신독!

노래가 보슬보슬

암송 기계로도 살기 싫고
복종 기계로도 살기 싫은
열일곱 살 유정빈에게 날씨는 경전이다.

푸른 하늘 한 자락 주욱 찢어다가
교실 바닥에 깔고 앉아 명상하는 시간
그 시간에 유정빈은 무럭무럭 큰다.

그뿐인가?

春(はる)の雨(あめ)
しとしとと降(ふ)る
愛(あい)の歌(うた)

봄비
보슬보슬 내리는
사랑의 노래　　　　　　　　　　　　　(유정빈 작)

비 오는 날에는 빗줄기에 귀를 대고
마음을 쓰다듬어 주는 기운에게
사랑의 온도를 느끼기도 한다.

허물을 벗고 또 허물을 벗고
오늘은 봄비가 보슬보슬 노래 교실 열어
발등에 해를 그린 소년을 기른다.

손가락 깁스를 풀고 글을 쓰고 있는 유정빈!

급류

난데없이 이 세상에 태어나
생각지도 않은 사람을 만나고
상상도 못 한 사건의 현장에서
자신을 발휘하거나 자신을 잃는
이 이상한 물레방아에 얽힌 시간

폭포를 바라보며 박성준은
사랑하는 자신에게 덕담을 속삭인다.

　瀑布很速流　폭포흔속류
　順坦如瀑布　순탄여폭포
　瀑布無滯流　폭포무체류
　無滯如瀑布　무체여폭포

폭포는 빠른 속도로 쏟아지는구나
내 인생도 폭포처럼 순탄했으면 좋겠구나
폭포는 걸림돌 없이 흘러내리는구나
내 인생도 걸림돌이 없었으면 좋겠구나

(박성준 작, 「폭포(瀑布)」)

김홍도 선생의 스승 강세황 선생이 그린
박연폭포를 생각하며 미래 기약하는 시간
뜻한 바 이루고 마음먹은 대로 되기를
폭포와 함께 흘러가는 소년의 근하신년 메아리

바다야, 성심을 받아라!

성취의 기하학을 응원하는 교실

달의 제자

셰익스피어는 달에게 변덕이 심하다 했지?
아직 셰익스피어를 읽지 않은 열일곱 살 이준우는
자기만의 방식으로 달을 바라본다.

연보랏빛 하늘에
일찍 나온 달
마치 날 마중 나온 것 같다
날 마중 나와 주고
다시
하늘로 올라가
어두운 밤하늘을 밝게 비춘다
달은 정말 부지런하다

(이준우 작, 「달」)

10년 공부라더니, 이제 나노의 혜안이 열리는가?
천축국의 달을 바라보며 신라의 달밤 그리워한
그 옛날 혜초 스님 떠올리는 정도는 당연해졌는가?

달을 바라보는 이준우의 건장한 등뼈가
마중 나온 달을 다시 배웅하는 사다리 같다.

생각하는 일을 즐겁게 만드는
파스칼의 연등!

줄타기를 잘해야 해!

5월 15일, 선생님께

지금, 이 순간
오전 8시 55분,
내 코앞을 한 송이 청보라 수국꽃 향기가 지나갑니다.
깊은 호흡을 하며 적극적으로 들이마십니다.

이 꽃,
선생님께 보내 드리려고 합니다.

지금 이곳은
봄이라는 계절이
일 년에 단 한 번밖에 없는 온대 기후,
이 순간을 마다하면
또 일 년을 더 기다려야 하지요.

부드러운 마요네즈 빛깔의 커튼이
시곗바늘 같은 오전 9시의 햇살을
혼신을 다해 머금고 있습니다.

드뷔시의 교향시 바다를 들을 때처럼
가슴속에는 스스로 진화하는 물결을 세공하는
아지랑이와 평화가 가득합니다.

나는 이제 창을 열면서
나의 머리카락 끝에 닿는 수국꽃 향기와
나의 속눈썹 한 자락 한 자락 빗겨 주고 있는
초록 침엽을 지닌 거대한 전나무의 의연함과
어깨동무합니다.

말할 수 없는 신성을 맞이하며
우주의 사투리에도 귀를 기울입니다.

창밖에는
하얀 구름을 입에 물고
까마귀 한 마리 날고 있는데
선과 악 흑백 논리

뭐 그런 의미 부여 상징 진부하다 싶어
그저 그 움직임에서 공존을 보며
마음의 각질을 떼어 냅니다.

그런데 이즈음에서
한 가지 밝혀 둘 건,
위의 모든 느낌은
선생님께 꽃을 보내 드리려다가
시작되었다는 것입니다.

단군 신화에서부터 그리스 로마 신화까지,
우르남무 법전에서부터 대한민국 헌법까지,
알파벳에서부터 훈민정음까지 함께한 지도자

서툴러도 선불러도
허약해도 망설여도
칭찬하고 기다리며

기대해 주신 선생님

선생님은
울창한 마법의 숲을 지닌 등대

그래서
내가 이렇게
좋은 날 좋은 시간을 함께하며
어마어마한 꿈을 꾸고 있습니다.

연마하여
곧
세상과
어여쁘게 만나겠습니다, 선생님!

선생님, 격하게 사랑합니다!

별들의 선사, 그 진경 심상의 시

김은정

시를 쓰는, 이런 마땅한 일이 일어납니다. 인연 따라 절묘하게 태어나 감사하게 모인 '청춘들의 학당'에서, 열일곱 살 혹은 이 나이 근처에서 두리번거리거나 자신을 희망으로 믿고 걸어가는 학문의 전당에서 지금도 일어나고 있습니다.

선사를 과거 완료라고 규정하는 건 절반만 지혜로움을 탄로내는 일입니다. 선사는 어디에나 존재합니다. 존재하고 있습니다. 현재를 '태어나고 있는 중'이라고 생각하거나, 그렇게 묘사하고 있다면 현재도 역시 미래 어느 시점의 선사입니다.

열일곱 살 현재 진행형 총천연색을 만난 기쁨을 책으로 묶습니다. 요란한 판촉과 함께하는 입시의 굿판에서 잠시 벗어난 아란야(araṇya, araññā, 阿蘭若), 한 자존심, 한 자긍심, 한 의로움, 한 외로움, 한 부끄러움 등등이 얼마나 예쁠 수 있는지, 새로운 시의 종자, 시의 혈친, 여기에 기념합니다.

1. 시가 태어나는 교실

학교는 늘 머무르고 싶은 곳, 참 좋은 놀이터입니다. 하지만 이러한 긍정성 수식에 반기를 드는 견해도 많습니다. 가령, 지배층이 필요로 하는 전형적인 인간 양성소, 지배자의 논리를 세뇌하는 곳, 감시와 처벌을 익히는 감옥, 자유로운 영혼과 천재를 박탈 혹은 제거하는 곳, 대체로 평준화하는 곳, 평균적인 사유를 강요하는 곳, 지배자의 입맛에 맞게 길들이는 곳 등등 다양한 지적과 비판적 표현들이 거침없습니다. 급기야는 새로운 학교 발명의 필요성까지 등장하여 현재 실제로 여러 실험과 첨삭 작업을 비롯한 서두 활동을 진행하고 있기도 합니다.

그래서 학교 내부 및 주변부에는 늘 고운 시선으로 응원하는 개인 또는 집단, 곱지 않은 시선과 고발 의식을 겸비한 개인 또는 집단이 병존합니다. 기능론적 입장에서 학교를 바라보는 이들과 갈등론적 입장에서 학교를 바라보는 이들이 공존하는 것이지요. 그 사이에서 균형과 조화를 꾀하며 얻을 것은 얻고 버릴 것은 버리면서 저마다의 희로애락을 만나는 곳이 학교입니다. 즐거움만이 아니라 괴로움조차도 큰 자산이므로 성과라 수긍함으로써 삶의 규격을 자신의 규모에 맞게 공표하며 성장해가는 슬기로움을 발휘하는, 예부터 예보된 혹은 전혀 예기치 않은 기적을 만나는 곳이 학교이기도 합니다.

학교는 공식적인 사회화 기관입니다. 그리하여 이 공교육 기관에서 해야 할 일, 해내야 할 일의 항목은 이루 헤아리기 어려울 정도로 많습니다. 물론 관료 조직이므로 목적 전치 현상과 소외 현상도 팽배합니다. 통탄할 일이지만, 아마 이 부분은 국가가 학교를 만들어 관리하고 경영하기 시작한 시점부터 발생한 문제점일 것입니다. 지적하느냐, 모르는 척하느냐, 복종하느냐 등등의 취향에 따라 다르게 통계가 나올 뿐이지요. 이 속에서 자라나는 어린이와 청소년인 학생들도 마찬가지입니다. 이들도 생각이 있긴 하지만, 주체로 혹은 객체로 들락날락하면서 복잡한 인정 투쟁에 참여하여 승자가 되거나 패자가 되거나 하는 중입니다. 자의든 타의든 현대 사회의 통과 의례 같은 학업을 생략하고 시민성을 배양한 성인으로서의 국민, 주권자가 되기는 쉽지 않습니다.

이 과정에서 함께하는 스트레스 또한 이중성을 갖습니다. 성장의 원동력이거나 포기와 퇴행의 계기가 됩니다. 이즈음은 신체도 몸살감기, 정신도 몸살감기를 앓습니다. 이런 증세를 이겨 내면 아픈 만큼 성숙해지지만 이겨 내지 못하면 낙인과 더불어 낙오자가 될 가능성이 커집니다. 우월해도 우쭐하며 자신에 대한 찬탄, 열등해도 시무룩하며 자신에 대한 수정과 보완, 그런 작업을 하면서 저마다의 길을 찾습니다. 그러면서 자연스럽게 삼라만상을 돌아보는 시력을 갖습니다. 그리고 그 시력 속에 반짝임과 글썽임을 동시에 갖춥니다.

문학 이론을 착실히 배운 사람은 이를 두고 감정이입이라 할 것입니다. 내 마음을 투사했으니 그러리라 할 것입니다. 그런데 가만히 되새김질하면 바다의 까치놀도 그러했던 것 같습니다. 물결의 표면이 반짝인다고만 생각했는데 글썽임이었는지도 모를 일입니다. 결혼식장에서의 신부도, 영결식장에서의 상주도, 시상식장에서의 수상자도, 가장 빛나는 순간에는 글썽였던 것 같습니다. 글썽임 속에는 반짝임이 있는지 확실치 않지만 반짝임 속에는 글썽임이 반드시 자리하고 있습니다. 글썽이며 반짝이는 진리에 닿는 순간 스치듯 잠시 머무르는 매혹! 그 날숨과 들숨 사이에서 잠시 만난 자아를 시로 담아내는 인격은 높은 품위를 보입니다.

시 짓기라 합니다. 시 창작이라 합니다. 그런데 시는 내 영혼을 찾아내 당도하는 어떤 '혜향(慧香)'의 변장 혹은 둔갑이거나 찰나의 짝이거나 신비한 통풍을 체험하는 사원이라, 인위적인 수업이나 가지런한 훈련 운운하는 일은 다분히 어울리지 않습니다. 그러니 시는 분명 어디에서 내게로 오는 것입니다.

그렇다면 시는 어디에서 오는 것일까요? 도대체 왜 오는 것일까요? 뭣 하러 오는 것일까요? 와서 숨통을 움켜쥐거나 숨통을 열어 주거나, 와서 손목을 끌고 달리거나 발목을 묶어 가두거나, 저 빛바랜 책갈피 속『시경』의 한 글자를 꽃병인 줄 알고 스스로 꽂히게 하거나, 저 건너 아리스토텔레스(Aristoteles)의 건조한『시학』을 의심하게 하거나, 타고르(Rabindranath Tagore)의 조심스러운 우주 찬가를 노을의 채도로 쓰다듬게 하거나, 하면서 홀로 씩씩하고 당당하게 꼿꼿이 서서 아무것도 두려워하지 않는 빈손으로 세상을 다 보고도 세상에 섞이지 않는, 혹은 세상에 섞이면서도 세상에 물들지 않는, 또는 세상에 물들면서도 세상으로부터 홀연히 벗어난 경지에서 만나 혼을 불사르게 하는 시, 숭고한 이것은 무엇일까요?

수많은 대답이 존재합니다. 그러니 그 대답은 진리가 아닙니다. 진리가 아니므로 진리보다 더 자유롭습니다. 혜향구만리(慧香九萬里), 대답 종량제도 없으니 그저 무한에 가까운 대답이 이어질 것입니다. 대답이라기보다는 의견이라고 해야겠지요. 정답이 없는 혹은 정답이 무척 많은 것이 확실한 분야는 커다란 두근거림을 줍니다. 두근거림은 거대한 원동력입니다. 정지 혹은 고착, 지정 혹은 소정, 그런 지점에서 일단 시동을 걸고 탈피하게 합니다. 수만 가지 대답 가운데 하나만 꺼내 볼까요?

시는 시인의 지극한 자식입니다. 시는 시인에게 내재하는 극지의 자식입니다. 시는 시인이 맞닥뜨린 극한 상황의 자식입니다. 철렁 간이 떨어질 때 태어납니다. 덜컹 가슴이 내려앉을 때 태어납니다. 혹 허파에 바람이 들 때, 그 순간 태어나는 영성의 자식입니다. 그 찰나, 통찰의 자식입니다. 그 순간의 신묘한 싹입니다. 그 순간의 활화산 꽃입니다. 그 순간의 정반합, 그 결정체, 열매입니다. 그리하여 마침내 거룩한 종자입니다.

'시 창작 교실'이라고 특별히 명명하거나 동아리를 만들거나 대문짝만하게 간판을 내걸지 않고도 '시 창작 교실'은 가능합니다. 입시를 위한 독서 활동 후 왈가왈부 가타부타 합평회도 하고, 그 요점과 느낌을 '독후시(讀後詩)'로도 쓰고, '독후화(讀後畫)'로도 제작하면서 일거다득 정도는 취해야 융합형 인재 양성 들먹일 기초 멍석 폈다 할 수 있겠지요. 그 이후는 그야말로 창작에 대한 의욕이 슬그머니 솟아오르게 되어 있습니다. 그리고 어김없이 시를 만나기 시작합니다. 이 책은 그 가능성을 검토하고 그 검증 결과를 공개하고 있습니다. 고개 숙인 학생들을 청중으로 모신 교실, 흔하디흔한 요즘 교실 풍경화입니다. 익숙하지요? 인권이 방패라 두드려 깨우지도 못하고 일방통행의 강의를 하는 교실의 상시화는 누구 탓이랄 것도 없습니다. 하지만 이래야만 하겠습니까? 심신 모두 갱신해야지요. 다음의 시를 봅시다.

성득이 졸고 있다.

힘없이 꾸벅꾸벅 긍정으로 조아린 머리
그 밑에는 구구절절 금언 경전이 쌓여 있고
성득의 소박한 꿈은 행간을 어슬렁거린다.

그 꿈의 행간, 오솔길을 따라 나도 걸어가
탁! 하고 성득의 구부정한 등을 내리친다.
놀란 성득은 발뒤꿈치까지 흘러내린 척추를
큰 심호흡으로 팽팽히 제자리로 끌어올린다.

"때린 거니?"
"아니요, 깨운 겁니다!"

성득을 물고 늘어진 방심의 물레야,
닻을 내리고 세상 깨우는 심금으로 서라!

— 김은정, 「선문답하는 교실」 전문

　교실이 선방 같지요? "성득이 졸고 있다"라고 하지만, 한 개
인으로서의 성득에게만 한정할 일은 아닙니다. '세상이 졸고
있다'로 읽을 수도 있지 않을까요? 확장하면 그렇지요. 졸고
있는 세상과 그 세상의 구성원으로서 졸고 있는 개인, 프랙털
구조지요. 개인도 깨어 있고, 사회도 깨어 있고 세상도 깨어 있
으면 얼마나 좋겠습니까? 개인도 졸고 있고 사회도 졸고 있고

세상도 졸고 있으니, 이 모두를 깨워야 하는데, 일단 가까운 곳에서부터 '깨우기'해 나가야겠지요. 사회 유기체설에서는 사회를 인체에 비유하는데, 그렇게 읽을 때 거론의 범주는 더욱더 넓어집니다. 세상이 왜 이래? 이런 말 많이 하면서 살고 있지 않습니까?

또 다른 교실의 풍경을 이 지면으로 모시고 와 볼까요? 열일곱 살 최정호 소년은 한문 교실에서 순종 혹은 복종으로 보이는 긍정적 인품을 한시로 표현합니다. 남들이 부러워하는 조건의 가문에서 탄생하여 현재까지 순탄하게 자란 최정호는 효심이 지극합니다. 가업을 상속할 각오를 단단히 하고 학업에 임하고 있지요. 최정호의 본성과 평상심이 꾸밈없이 발현된 다음의 시를 읽어 보지요.

大洋似儭愛 대양사친애
那慈不嫌容 나자불혐용
其愛喜夢授 기애희몽수
平生儭慈捧 평생친자봉

크고 넓은 부모님의 사랑과 같은 바다
무엇이든지 불평치 않고 품고 사랑한다네
그 사랑이 나로 하여금 꿈을 갖게 한다네
평생 그 사랑에 보답하고자 효도하며 살려네

— 최정호, 「대양(大洋)」 전문

위에서 읽은 최정호 소년의 시가 지난 시대의 성균관에서 유생들이 짓던 구태를 반복하는 듯 보입니까? 천 년 전이나 이천 년 전이나 효심은 중요하였고 지금도 중요하지요.「효녀 지은」이나『심청전』이 아직도 유효한 이유와 최정호의 내심이 다르지 않습니다. 심연에서 우러나온 효심이 쓴 시, 어버이를 섬기고 자기 자신을 존중하며 항상 미소 머금고 생활하는 최정호의 얼굴과 목소리가 녹아 있는 시입니다. 아낌없이 주는, 대가를 바라지 않는 보시, 내리사랑에의 믿음이 더욱 굳건해지는 시 읽기입니다. 시의 종자가 효자입니다.

다음의 시를 볼까요?

雨後獨立花 우후독립화
今日誇弦佳 금일과현가
當身或知彼? 당신혹지피
伊雨多花墮 이우다화타

비가 온 뒤 홀로 서 있는 저 꽃
오늘도 아름다움을 뽐내고 있네요
당신은 혹시 그것을 아시나요?
그 비바람에 많은 꽃잎이 떨어졌다는 것을

— 여태윤,「진미(眞美)」전문

"雨後獨立花", 여태윤 소년이 바로 "비가 온 뒤 홀로 서 있는 저 꽃"입니다. 자신을 위한 찬가입니다. 현재 상황일 수도 있지만, 어쩌면 미래 상황일 수도 있습니다. 자신에게 "비가 온 뒤 홀로 서 있는 저 꽃", 으뜸이 되자는 주문을 하는 것이지요. 이미 발생한 현재, 앞으로 닥칠 어느 순간, 이 모두를 표현한 여태윤 소년의 시는 신경정신과 의사보다도 더 심도 있게 치유를 돕는 약효가 있습니다.

시는 시를 쓰는 인물에게 어떻게 이리도 많은 혹은 큰 힘을 줄까요? 어떤 슬픔과 비참 속에서도 상큼하고 단란한, 어떤 기쁨과 흥분 속에서도 진중하고 평화로운, 이 땅 어떤 척도로도 측정할 수 없는 역량을 정수리부터 발끝까지 지니도록, 기운 가득 차게 스치며 바라보아도 어딘가 명확히 다르도록 구별해 주는 이런 힘 말입니다. 극한에서도 극락으로 빛나게 하는 힘, 스스로를 스스로의 군주로 살게 하는 힘, 그 누구도 그 어떤 지침으로도 건드릴 수 없는 독특한 기운의 붓에 먹을 발라 주는 힘! 이런 힘을 불러들이는 힘은 어디서 올까요?

자기 자신 속의 극지를 탐험하는 청춘의 시간, 그런 축복의 시간은 언제나 주어지지만, 어영부영 흘려보내는 경우가 많습니다. 힘차게 붙들지 못하고, 안간힘을 다해 움켜쥐지 못하고 놓치는 경우가 다반사입니다. 그래서 여기에 그 청춘의 시간, 그 축복의 증표를 새겨 두기로 합니다. 미지수 같기만 한 자신의 중심을 꼭 붙들고 지향점을 향해 걸어가는 어깨도 여기에서 간수하기로 합니다. 극지의 지형과 기후, 미세 파동, 거기에 더하여 눈에 보이지 않는 천명의 기호와 변화, 그리고 부활, 자신의 가슴속 환희 바람, 그 모두를 곁들인 고농축 종합 성찰 세트, 열일곱 살의 복잡계와 함께 순박한 야망을 심장으로 실현해가는 장엄한 거동을 품은 청소년의 시를 여기에 등재합니다.

2. 성장통의 무늬

"하마터면 빛을 못 볼 뻔했다."라는 문장을 여기저기서 만나 왔지만, 바로 이 책 속의 작품 상황이야말로 그러합니다. 선사 시대를 이야기하는 유물과 유적의 특징들과도 같이 수습하면 인류의 문화재지만 방치하면 흉물, 소실하면 일어나지 않았던 일과 동격입니다.

2018년 10월, 어느 멋진 날에 시화전을 열기 위하여 학생들이 시를 짓습니다. 자신의 내면을 들여다보며 제 목소리를 가다듬는 수행으로서의 시 쓰기입니다. 시에 청춘의 속마음과 기도를 투사합니다. 순정한 백지, 맑은 원본이야 이루 말할 수 없지만, 얼룩이 있다 할지라도 청춘의 무늬는 언제나 상큼합니다. 혼자만의 넋두리를 삽입한 촌극으로 흐지부지될 수도 있는 시 창작의 시간, 언어의 조탁을 염두에 두고 반드시 완성

하겠다는 염원으로 작품을 생산합니다. 학생들은 생산자, 창조자로 탄생합니다.

찰나, 찰나가 삶의 눈금입니다. 하루 또 하루가 인생의 눈금입니다. 태양과 만나며 익어가는 지성, 구워지는 감수성, 열일곱 해 체험한 예비 시인들의 모습 풋풋합니다. 부적과도 같은, 기도문과도 같은 이 시편들, 놀라운 추수입니다. 머리 위의 불꽃, 손톱 혹은 발톱 끝까지 보살피는 영혼의 맥박, 100분의 100만큼 채우기 위해 심호흡하는 청춘이 잠시 발레리노처럼 영혼의 춤을 추고 체조를 해 본 일이지요.

소년에게는 늘 '키'가 문제입니다. 뚝심과 강한 줏대로 외모 지상주의를 초탈하기에는 우리 시대의 척도가 지나치게 눈에 보이는 부분 위주로 되어 있습니다. 그 가운데 하나, '키'는 '키(key)'로 작용할 경우가 많다는 사실, 그것을 간과하거나 부인하기 어렵습니다. 다음의 시에는 소년의 키에 대한 고민과 초조함이 고스란히 녹아 있습니다.

我奚不朗偉? 아해불랑위
每日奚上監? 매일해상감
多人言少朗   다인언소랑
朗速如椊抖賴? 랑속여수라

나는 왜 키가 크지 않을까요?

왜 매일 위를 봐야 할까요?

많은 사람이 키가 조금씩 컸다고 하지만

키 크는 속도가 왜 나무늘보 같습니까?

— 박연찬, 「단신(短身)」 전문

　내면과 실력보다 외모에 대한 채점을 먼저 하는 이 시대가 그 행태를 급히 탈바꿈하지는 않을 것입니다. 그러므로 외모에 대해 집착하는 양태도 사라지지 않을 것입니다. 키가 실력으로 자리 잡은 것 같습니다. 키 크는 약 혹은 키 크는 운동이라며 각종 클리닉으로 영리를 추구하는 모습은 이제 몹시 흔한 풍경입니다.

　그런데 소년 박연찬의 시가 내뿜는 울림을 확장하면 사회 정의와 불평등에 대해서도 거론하게 하는 힘이 탄생합니다. 가령, 『난장이가 쏘아올린 작은 공』도 떠오르고, 『키다리 아저씨』도 떠오르지요. 키가 단순히 신체의 길이만을 가리키는 것이 아님을 자각할 인품을 지닌 이라면 마땅히 '사회적 약자'에 관해서도 떠올리겠지요. 물론 박연찬은 여기까지 염두에 두고 쓰지는 않았을 겁니다. 시가 메타포임을 알아차리도록 이야기를 하고 싶은 것이지요. 행간에서 사유하며 더욱더 '침소봉대(針小棒大)', 그 범위를 확장해가면 후진국과 선진국 이야기까지 끄집어내어 토론해도 되지 않겠습니까?

　이진성 소년은 신체의 크기에 비해 마음의 덩치가 큽니다.

물론 야망의 덩치가 커서 그렇겠지요.

> 君造家族柵　군조가족책
> 您慈愛作窠　임자애작과
> 分明作充實　분명작충실
> 吾奚蓄超過? 오해번초과

> 가족이라는 울타리를 만들고
> 사랑이라는 보금자리를 만든 당신
> 든든하게 만든 것이 분명한데
> 나는 왜 울타리를 넘으려고만 할까요?

— 이진성, 「이(籬, 울타리)」 전문

안전! 안전! 요즘 가장 많이 부르짖는 단어입니다. 그런데 이 진성 소년은 안주하려고 하지 않는 자신의 내면을 그려내 지면에 올려놓습니다. 도전하라! 뛰어넘어라! 어른은 소년에게 이렇게 가르치고 요구합니다. 그런데 이렇게 실행하는 소년이 나타나면 '문제아'라고 부르지요. 그래서 모두 울타리 안에서 말 잘 들으며 복종하는 존재로 살다가 고만고만하게 늙어 죽습니다. 소년의 사소한 자책 같지만, 사실 울타리를 넘는 일은 목숨을 거는 일이라고 보아야 합니다. 시는 지은이도 상상하지 못한 영역에까지 그 숨결의 발을 뻗습니다. 독자의 심금 그 어디의 낮은 곳으로건 높은 곳으로건 이렇게 큰 울림을 주면서 꿈틀거립니다. 시를 쓰는 소년은 훌쩍 자랍니다. 이전의 자기 자신, 조금 전의 자기 자신을 자기 자신도 모르게 뛰어넘었으니까요. 그 눈금은 시를 쓰는 자, 그만이 장착하고 있는 정신의 날 같은 것입니다. 누구나 가질 수 있겠지만 아무에게나 있는 것은 아닙니다.

앞에서도 다루었지만, 졸음을 접하는 이야기는 또 나오는데요, 목소리가 중후한 소년 장성혁이 다음과 같은 시를 보여 줍니다. 한문 시간에 쓴 한시입니다.

朝起朦校來　조기갑교래
受業日我俟　수업일아사
疲煩請睡眠　피번청수면
大學我間江　대학아간강

아침에 일어나 졸린 채로 학교에 오니
매일 매일 반복되는 수업이 나를 기다리네
너무 피곤하고 지겨워 잠을 청하니
나와 대학 사이에 건널 수 없는 강이 생기네

— 장성혁, 「학교생활(學校生活)」 전문

혈연, 지연, 학연의 고리에서 자유로울 수 없는 현실을 파악하고 타협하며 성장해야 하는 고교생의 난제입니다. 잠 오는 지겨운 일상으로부터 언제 벗어날까 싶지만, 심신 분리 현

상과 함께 무력감까지 겹쳐 더욱더 늪에 빠지는 소년의 해맑
은 발설입니다. 수학 능력 시험이나 각종 대학별 고사에 한시
쓰기는 없지만, 소년은 한시를 쓰면서 잠을 깨고 있습니다. 수
나라가 발명한 공무원 공개 채용 시험, 즉 과거제 생각이 납니
다. 이후 우리나라 고려 시대 광종 황제께서 과거제를 도입하
시지요. 국가 경영에 힘을 보탤 훌륭한 인재로서의 관리를 공
개적으로 선발하는 제도, 그 과거 제도의 전통을 정규 수업 시
간에 체험하게 하는 한문 선생님의 철학과 역량을 학생들이
상속하고 있습니다.

소년에게 또 다른 난제는 배고픔입니다. 독도를 다녀온 후
몸과 마음 모두 훌쩍 큰 소년 구본엽이 다음과 같은 시를 보여
줍니다. 일본어 시간에 쓴 하이쿠입니다.

腹<ruby>はらへ</ruby> 減った
売店行こう！<ruby>ばいてん い</ruby>
満腹だ<ruby>まんぷく</ruby>

배고프다
매점에 가자!
배부르다

촌철살인의 시, 거기에 미쳐야 하는 하이쿠에 근접합니다.

등교하자마자 매점에 가는 소년들의 발걸음 속도를 떠올려 보는 일은 그다지 어렵지 않습니다. 돌도 녹인다고 하는 식욕을 억누르기는 거의 성직자의 수도 수준이라고 봐야 합니다. 가장 원초적인 욕구, 밥에 대한 욕구를 학교 급식이 해결해 주는 데도 점심시간까지 참고 기다리며 우아하게 학업에 임하기는 쉽지 않습니다. 아름답고 차원 높은 소재로 눈길을 끄는 시를 써서 격조 높은 소년의 모습을 내보일 수도 있습니다. 그런데 구본엽은 금강산도 식후경이라, 가장 저차원의 욕구를 소재로 삼아 길들지 않은 야성을 하이쿠에 담아 냅니다. 성장하고 있는 어느 소년인들 밥, 잠, 성적이라는 주제어를 초월하여 무심할 수 있겠습니까?

다음은 양태웅의 시입니다. 소년이라면 누구나 양태웅이 쓴 시 속의 문장을 가슴속에 품고 있겠지요. 그런데 양태웅은 가슴속에 품고 있던 펄펄 끓는 감정을 정직하게 드러냅니다. "이내 가슴 터질 것만 같구나!" 첫 느낌 이후 간직해 온 감정을 양태웅은 자기도 모르게 쏟아 냈을 것입니다. 어디선가 본, 익히 들어온 문구를 조각조각 모아 엮어서 자신의 모습을 만든 소년의 창작 의욕에 성장통이 배경으로 자리하고 있습니다.

보슬비가 소리도 없이
까치발로 몰래 내린다

촉촉한 오솔길 흙 내음을
맡으며 내달리고 싶구나!

바알간 태양 빛이
불화살을 쏟아 낸다
타오르는 아스팔트를
끈적끈적 기어올라

볼 빠알간 계집애를
고이 안고 달린다
단발머리 나풀나풀
이 내 가슴 터질 것만 같구나!

― 양태웅, 「자전거의 소망」 전문

　양태웅은 세월 지나고 나면 다시 없을 '볼 빠알간 사춘기'를 달
리는 중입니다. 인생의 길이에 대해 길다 짧다 단언할 수 없음
을 누구나 다 알고 있습니다만, 인생이 단 한 번뿐이라는 것,
그것에 대해 부인하고자 하는 이도 없을 것입니다. 사춘기에
찾아온 "가슴 터질 것만 같"은 감정을 감당하며, 달릴 줄 아는
신발인 자전거와 자신을 동일시하며 양태웅은 전진합니다.
　정희근은 몸도 마음도 훤칠한 소년입니다. 정희근이 쓴 다
음의 시는 열일곱 살 절대 순정, 그 착한 세포들이 일제히 좌절
하는 장면을 유추하게 합니다. 상처가 자산이 되는 삶의 첫 단

추, 첫 계단, 첫 인정, 첫 타협 등등 '첫'이라는 접두사는 앞으로도 계속되겠지만, 어떤 '첫'이라는 접두사는 이즈음에서 이별하며 적응 완료합니다. 물론 이런 일로 한 단계 훌쩍 오른 후 건강한 내공을 또 새롭게 축적해 가겠지요. 예기치 않게 들이닥친 절망과 그 절망으로 인해 만감이 교차하는 체험을 생략하고 진정한 어른으로 성장할 수는 없는 일이라, 정희근 소년의 이 하이쿠는 참으로 유의미합니다.

無駄な愛
期待しすぎた
僕の過誤

헛된 사랑
너무 기대했었던
나의 잘못

실패, 절망, 좌절 등을 겪는 소년에게 그것들이 모두 축복의 다른 모습이라고, 빛나는 선물의 다른 포장지라고 박수를 보내기도 해야 합니다. 나아가, 희로애락의 무게중심이 어떻게 우리 삶을 찾아와서 어떻게 우리를 으쓱하게 하고 어떻게 조롱하며 휴지 조각으로 구기거나 쑥대밭으로 만드는지 정교하게 살피는 혜안을 갖게 하는 수행이라고도 알려 주어야 합니다. 그런데 시를 쓰는 소년은 이러한 일을 이미 스스로 간파하고 스스로 시가 된 듯 보입니다.

3. 사랑의 인사, 황금 손가락의 춤

백지를 책상 위에 올려놓고, 흑연 샤프심으로 시를 쓰는 소녀 혹은 소년, 긴 육각형 혹은 원기둥 모양의 나무 연필을 깎아 뾰족한 흑연을 꺼내 시를 쓰는 소녀 혹은 소년, 검정색 볼펜으로 플러스펜으로 수성 사인펜으로 시를 쓰는 소녀 혹은 소년, 보라색, 초록색 또는 푸른색 등 사인펜으로 알록달록하게 시를 쓰는 소녀 혹은 소년, 붓펜으로 한지에 시를 쓰는 소녀 혹은 소년, 유성 매직으로 20호 캔버스에 시를 쓰는 소녀 혹은 소년, 자판을 두드려 모니터에 시를 쓰는 소녀 혹은 소년. 청소년들, 학생들이 시를 쓸 때의 모습입니다. 이렇게 다양한 극적 장면을 만들며 탄생한 시편들을 살펴볼까요?

열일곱 살 김해찬솔은 문학에 애정이 많은 소년입니다. 그는 모국어인 한국어로 이따금 시를 씁니다. 항상 시심을 안고 그 시심을 표현하는 법을 터득해 가려고 독학합니다. 김해찬솔은 학교에서 가르쳐 주지 않는 영역에서도 호기심을 작동하며 나날을 보냅니다. 그 공부가 학교에서 배우는 한정적인 교과의 학업 성취 수준을 드높입니다. 한 번씩 시심과 필력이 일

치하기도 하는 김해찬솔 소년은 예비 시인입니다. 일본어 시간에 쓴 하이쿠에 담긴 김해찬솔의 마음은 다른 마음을 첨가하면 안 될 정도로 순정합니다.

風　鈴の
澄んだ音より
君が好き

풍경의
맑은 소리보다
네가 좋아

　어떤 아름다운 혹은 성스러운, 거룩한 소리보다 "네"가 더 좋다는 예사말로 흐드러지게 산문을 쓰지 않고 하이쿠를 지으니 그 긍정적 파문의 동심원이 신비로워집니다. 절제와 축약, 단호한 함축. 시의 힘이지요. 군더더기 없이 직파하는 자세가 단심가에 닿습니다.
　김해찬솔 소년의 하이쿠와 흡사한 맥락, 서현빈 소년의 하이쿠를 봅시다.

暖かい
春はさながら
君みたい

따뜻한
봄은 마치
너와 같다

"너"는 나에게 "봄"입니다. "너" 덕분에 나는 따뜻합니다. 이겨 낼 수 있고, 싹 틔울 수 있고, 자랄 수 있습니다. "봄"과 "너"를 동일시하는 서정은 서현빈 소년의 가슴속 깊은 곳에 머무르는 비밀의 정원을 접하게 합니다.

다음은 열일곱 살 임성현 소년이 난생처음 쓴 시입니다. 초등학교 1학년 때부터, 아니 그 이전부터 '시'라는 단어는 익히 들어 왔겠지만, 시가 무엇인지 정확히 모르는 소년의 첫 작품입니다.

폭풍 같은 밤일을 마치고
새벽까지 흔들리며 흔들리며
그물을 던지고 그물을 내리고

타오르는 일출 앞에 놓고
시장기를 호로록 호로록 말아먹고
삐걱대는 고깃배를 이끌어

우리 동네 항구로 들어서며
아, 이제 한숨 돌리겠다

이제야 오늘은 안도한다

은빛 갈치의 몸놀림에
갈라지고 찢어진 손톱도
젓산이 가득한 팔뚝도

뱃전이 흔들린다
낡은 배가 춤춘다
내 가슴도 널을 뛴다

— 임성현, 「어부와 항구」 전문

　가을에 개최하는 학교 축제 백일장에서 얼떨결에 쓴 임성현의 '생애 최초의 시'입니다. 임성현은 마음이 부유한, 그래서 한가한 소년입니다. 마음속에 여유가 자리 잡고 있으니 '어부와 항구'가 눈에 보입니다. 그런데 임성현은 눈에 보이는 그 상황, 현상 파악에만 그치지 않습니다. 이미 배워 익힌 고정의 틀을 깹니다. 그리고 자신의 감정을 이입하여 어른스러운 청소년의 호흡을 보여 줍니다. 삼천포항에 거주하는 임성현은 자신의 체험을 바탕으로 자기 동네와 자신의 이야기를 하고 있습니다.

　이제 열다섯 살 여리여리한 소녀 감성의 시를 만나 볼까요? 김연수는 춤을 매우 좋아하는 소녀입니다. 춤을 직업으로 갖고 싶다고 합니다. 학업 성적도 우수한 소녀입니다.

발걸음 옆 작게 피어난
미소 짓는 민들레도
어쩌면 자연이 내게 준 선물

무심코 지나친 일상 속
소소한 행복들도
어쩌면 주위 사람들이 내게 준 선물

왁자지껄 시끌벅적 함께하는
재미있는 시간도
어쩌면 친구들이 내게 준 선물

햇살 따사로이 내리쬐는
기분 좋은 평화로움도
어쩌면 자유가 내게 준 선물

어쩌면 이 찬란한
인생도, 행복도, 너란 의미도
모두 내가 받은 선물

그래서 너도나도 모두
누군가에게는 예쁜 선물

― 김연수, 「선물」 전문

온 세상을 '선물'이라고 생각하는 김연수 소녀는 주변 사람들

에게 사랑을 전파하는 감사의 정신을 지니고 있습니다. 이 갸
륵한 소녀에게는 열다섯 살이라는 나이의 어떤 부분이 꾸준히
남아서 오래도록 지나가지 않을지도 모릅니다.

이제 김정우 소년의 시를 읽어 봅시다.

바닷가의 파도는 한때
치열하게 달려온 강물이었다.
누구보다 열심히 달려왔다.

이제 바다에 와 버린 파도는
모래사장의 조개껍데기가 더울까 봐
혼자 있어 심심할까 봐
차갑고 맑은 손길로 어루만진다.

나에게 파도 같으셨던
할아버지가 계셨다.

조개껍데기를 귀에 대면
파도를 따라 떠나신
할아버지를 그리워하는
조개와 나의 이야기 소리가 들린다.

— 김정우, 「조개와 파도」 전문

김정우 소년은 꿈이 많습니다. 허황한 꿈이 아니라 가능성

에 접근하는 조상의 얼로서의 할아버지의 주문에 답하는 완성, 그런 꿈이겠지요? 할아버지가 손자 김정우에게 꿈을 심어 놓고 가신 것 같습니다.

4. 시와 함께 행복하라!

박정훈 소년의 하이쿠는 매우 어른스럽습니다. 오랜 시간을 살아 낸 현자의 화살 편지입니다. 가슴속으로 순식간에 휘익 날아와서 박힙니다.

豊かな日
麗しい秋
去っていく

풍족한 날
아름다운 가을이
지나간다

대체로 모두의 소망은 정상에 서는 것일 테지요. 정상에서 만나는 일일 겁니다. 그런데 오르막이 있으면 내리막이 있다는 건 상식입니다. 물 들어올 때 노 저어라, 쇠뿔도 단김에 빼라 등과 같은 지혜로운 조언은 아직도 유효합니다. 하지만 박정훈 소년은 풍족 그 이후를 아는 성숙한 면모를 드러냅니다. 지금 풍족하다고 그 상황이 반드시 지속된다는 보장은 없지요. '지나간다'는 것입니다. 흥망성쇠, 그 순환론을 박정훈 소년의 해맑은 하이쿠에서 엿봅니다. 어떤 교훈이 숨어 있습니다. 숨겨 두니 품위가 느껴집니다.

다음에 소개하는 작품은 강성혁 소년의 지금과 앞날을 응원하는 축시입니다. 자신을 소중히 여기고 지성과 패기를 준비하면서 담대하게 전진하는 소년과 함께하면 삶 자체가 시가 됩니다.

발자국이야말로 가장 위대한 인장이다.
현장에서의 일투족 그 발바닥 무늬야말로
누구도 흉내 내거나 반박할 수 없는 원인
타고난 제 몫의 복을 마중한 흔적이다.

태양을 향해 걷는 네가 가장 처음!

五等向夢奎 오등향몽규
皆怙定有路 개호정유로
無方某廛去 무방모곳거
爾往地則道 이왕지즉도

우리는 꿈을 향해 걷네

모두 꿈의 길이 정해져 있다고 믿지만
어디로 가든 상관없다네
네가 지나가는 곳이 곧 길이니까   (강성혁 작. 「길(道)」)

건강하고 총명한 열일곱 살 강성혁은
광개토대왕의 광활한 고구려도 공부하였고
알렉산드로스의 대제국에 대해서도 읽었고
닐 암스트롱이 달에 남긴 발자국도 TV에서 보았다.

개척, 그 쾌거를 본받아 넘어서는 길!

— 김은정, 「족적 찬가」 전문

  새로운 길을 내겠다는 소년을 어찌 찬탄하지 않을 수 있겠습
니까? 또 다른 소년의 시도 읽어 볼까요? 시와 함께하는 소년
은 홀로 있어도 홀로 있지 않은 듯 거동합니다.

나를 사랑하는 노래를 부르는 자는
누가 알아주든 말든 제 갈 길을 잃지 않는다.
삼천포고등학교 1학년 임도윤은
거울 속의 자신과 대화하는 법을 알고 있다.

    常人依支忹 상인의지왕
    汝來崎自尤 여래기자임
    大海見懼勿 대해견구물

人生海主恁 인생해주임

항상 남을 의지하려 하지 마
너에게 닥친 어려움을 스스로 헤쳐 나가야 해
망망대해를 보며 두려워하지 마
인생의 주인은 바로 너야

(임도윤 작, 「망망대해(茫茫大海)」)

내가 아니면 누가 나를 지키나?
망망대해는 지금부터 가야 할 새로운 무대
이글이글 눈동자 속에서 꽃불로 흘러나와
대천 허공을 향해 열망의 불화살을 쏘는 편지

나의 존엄이 나의 승화에게!

— 김은정, 「스스로를 응원하는 시간」 전문

　소년은 난황(難況)에 접한 자기 자신에게 신을 대신하는 몸가짐으로 칙령을 내립니다. 자기 자신을 향해 링거 같은 입김, 용기를 주는 속삭임을 불어넣어 자기 자신을 곧게 세웁니다. 이 때야말로 시는 마법의 힘을 발휘합니다. 시는 치유의 약입니다. 자기 자신을 응원하기 위해 시를 쓴 자기 자신의 손은 자기 자신에게 약손입니다. 소년은 성장하는 시간의 마디마디에서 시심을 꺼내 들고 영혼의 근육 속에서 이 험한 세상을 건너는 마술을 펼칩니다.

5월 15일은 세종대왕 탄신일, 그리고 스승의 날입니다.

지금, 이 순간
오전 8시 55분,
내 코앞을 한 송이 청보라 수국꽃 향기가 지나갑니다.
깊은 호흡을 하며 적극적으로 들이마십니다.

이 꽃,
선생님께 보내 드리려고 합니다.

지금 이곳은
봄이라는 계절이
일 년에 단 한 번밖에 없는 온대 기후,
이 순간을 마다하면
또 일 년을 더 기다려야 하지요.

부드러운 마요네즈 빛깔의 커튼이
시곗바늘 같은 오전 9시의 햇살을
혼신을 다해 머금고 있습니다.

드뷔시의 교향시 바다를 들을 때처럼
가슴속에는 스스로 진화하는 물결을 세공하는
아지랑이와 평화가 가득합니다.

나는 이제 창을 열면서

나의 머리카락 끝에 닿는 수국꽃 향기와
나의 속눈썹 한 자락 한 자락 빗겨 주고 있는
초록 침엽을 지닌 거대한 전나무의 의연함과
어깨동무합니다.

말할 수 없는 신성을 맞이하며
우주의 사투리에도 귀를 기울입니다.

창밖에는
하얀 구름을 입에 물고
까마귀 한 마리 날고 있는데
선과 악 흑백 논리
뭐 그런 의미 부여 상징 진부하다 싶어
그저 그 움직임에서 공존을 보며
마음의 각질을 떼어 냅니다.

그런데 이즈음에서
한 가지 밝혀 둘 건,
위의 모든 느낌은
선생님께 꽃을 보내 드리려다가
시작되었다는 것입니다.

단군 신화에서부터 그리스 로마 신화까지,
우르남무 법전에서부터 대한민국 헌법까지,
알파벳에서부터 훈민정음까지 함께한 지도자

서툴러도 설불러도
허약해도 망설여도
칭찬하고 기다리며
기대해 주신 선생님

선생님은
울창한 마법의 숲을 지닌 등대

그래서
내가 이렇게
좋은 날 좋은 시간을 함께하며
어마어마한 꿈을 꾸고 있습니다.

연마하여
곧
세상과
어여쁘게 만나겠습니다, 선생님!

— 김은정, 「5월 15일, 선생님께」 전문

시와 함께하는 삶은 건강합니다. 시와 함께 성장하는 소년
은 강건합니다. 시가 아니라도 자신에 대해 돌아보는 시간은
있습니다. 시가 아니라도 자신의 내면을 들여다보고 살피는
여유는 있습니다. 하지만 시는 시를 만난 이에게 은유와 상징
의 세계를 머금고 살 수 있는 차원을 터득하게 합니다. 자기 자

신을 바로 보고 자기 자신을 응원하는 법을 스스로 알아내게 합니다. 자기 자신을 자기 자신의 스승으로 삼도록 하면서 자기 자신의 심연에 닿게 합니다. 시는 시를 쓰는 이를 높이면서 비밀을 속삭입니다. '천 년을 보고 살아라!' 합니다.